Tableaux et Études

GARNISSANT L'ATELIER DE

Feu AMAND GAUTIER

ET AUTRES TABLEAUX PAR

Pissaro, Boudin, Defaux, Feyen-Perrin

Lassalle, Quéry, etc.

Paris - 1894

CATALOGUE

DES

Tableaux et Études

PAR

FEU AMAND GAUTIER

ET AUTRES TABLEAUX PAR

Pissaro, Feyen-Perrin, Boudin, Lépine

Defaux, Lassalle, Quéry, etc.

GRAVURES, USTENSILES D'ATELIER

DONT LA VENTE AURA LIEU

Par suite de décès

HOTEL DROUOT, SALLE N° 3

Le Vendredi 13 Avril 1893

A DEUX HEURES

<table>
<tr><td>Mᵉ BARTAUMIEU
COMMISSAIRE-PRISEUR
Rue St-Honoré, 281</td><td>M. B. LASQUIN
EXPERT
Rue Laffitte, 12</td></tr>
</table>

EXPOSITION PUBLIQUE

Le Jeudi 12 Avril 1894, de 1 heure 1/2 à 5 heures 1/2

PARIS — 1894

CONDITIONS DE LA VENTE

Elle sera faite au comptant.

Les Acquéreurs paieront CINQ POUR CENT en sus des enchères.

A. MAULDE et Cⁱᵉ, imprimeurs de la Cⁱᵉ des Commissaires-Priseurs,
rue de Rivoli, 144.   300—41351

OEUVRES

DE

AMAND GAUTIER

TABLEAUX, ÉTUDES PEINTES

1 — Le Choléra Morbus dans une ferme du
Jura.

Signé et daté.
Salon de 1887.

Toile : H. 1^m25; L. 1^m85.

2 — Portrait de jeune Fille assise sur un banc de
jardin, accompagnée d'un chien.

Toile : H. 1^m93; L. 1^m30.

3 — La première Leçon.

Salon de 1890.

Toile : H. 0^m61 ; L. 0^m50.

4 — La Raie.

Esquisse du tableau du Musée du Luxembourg.

Bois : H. 0^m35; L. 0^m27.

5 — Femme devant un verre d'absinthe.

> Bois : H. 0m25 ; L. 0m23.

6 — Portrait de M. Pissaro.

En buste.

> Toile : H. 0m55 ; L 0m46.

7 — Nature morte.

Exposition universelle de Chicago.

— 8 — Portrait du Grand-Père de l'Artiste.

9 — Portrait de la Mère de l'Artiste.

10 — La République.

Esquisse du tableau acheté par la Ville de Paris.

> Toile : H. 0m72 ; L. 0m57.

11 — Intérieur d'atelier.

Signé à gauche.

> Toile : H. 0m32 ; L. 0m40.

12 — La Couturière dans un jardin.

> Toile : H. 0m51 ; L. 0m36.

13 — Jeune Fille lisant.

> Toile : H. 0m42 ; L. 0m25.

14 — Homme lisant le journal.

> Bois : H. 0m35 ; L. 0m29.

15 — Le même sujet.

> Bois : H. 0m31 ; L. 0m24.

16 — La Repriseuse.

> Bois : H. 0^m44; L. 0^m21.

17 — Jeune Femme lisant.

> Bois : H. 0^m27 ; L. 0^m18.

18 — La Répétition au Couvent.

> Ebauche.
>
> Toile : H. 0^m74 ; L. 1^m13.

19 — Les Buveurs d'Absinthe.

> Signé à droite.
>
> Toile : H. 0^m73 ; L. 0^m51.

20 — Jeune Baigneuse.

> Bois : H. 0^m41 ; L. 0^m27.

21 — Trois Personnes attablées.

> Bois : H. 0^m15 ; L. 0^m18.

22 — Le Poète.

> Toile : H. 0^m56 ; L. 0^m46.

23 — Les Buveurs d'absinthe.

> Toile : H. 0^m34 ; L. 0^m46.

24 — La Couturière.

> Signé en haut, à droite.
>
> Toile : H. 0^m41 ; L. 0^m28.

25 — La Blanchisseuse.

> Carton : H. 0^m22 ; L. 0^m33.

26 — Paysanne de Tréveneuc.

> Bois : H. 0^m16 ; L. 0^m10.

27 — Enfant lisant.

Signé.

Bois : H. 0^{m}32 ; L. 0^{m}28.

28 — Femme nue couchée.

Signé à gauche.

Bois : H. 0^{m}16 ; L. 0^{m}24.

29 — Paysanne et Enfant.

Bois : H. 0^{m}24 ; L. 0^{m}16.

30 — Au Cabaret.

H. 0^{m}22 ; L. 0^{m}30.

31 — La Politique au Cabaret.

Bois : H. 0^{m}19 ; L. 0^{m}28.

32 — La Grand'Maman.

Bois : H. 0^{m}31 ; L. 0^{m}23.

33 — Etude de Sœur de Charité.

Bois : H. 0^{m}23 ; L. 0^{m}20.

34 — Etude d'Enfant.

Bois : H. 0^{m}12 ; L. 0^{m}8 1/2.

35 — Enfant bacchant.

Bois octogone.

H. 0^{m}15 ; L. 0^{m}21.

36 — Porteuse de Gerbes.

Toile : H. 0^{m}79 ; L. 0^{m}43.

37 — Deux jeunes Filles lisant.

Ébauche.

Toile : H. 0^{m}48 ; L. 0^{m}35.

38 — L'Ivrogne au Cabaret.

Toile : H. 0^m17 ; L. 0^m22.

39 — Sœur de Charité.

Buste.

Bois : H. 0^m25 ; L. 0^m23.

40 — Portrait de Femme en manteau rouge.

Toile : H. 0^m65 ; L. 0^m50.

41 — Sœur de Charité.

Ébauche sur carton.

H. 0^m38 ; L. 0^m27.

42 — Baignade de chevaux au bord de la mer.

Toile : H. 0^m35 ; L. 1^m15.

43 — Portrait d'Homme.

En buste.

Toile : H. 0^m85 ; L. 0^m46.

44 — Paysanne près d'une balustrade.

Bois : H. 0^m24 ; L. 0^m16.

45 — Portrait de M. de Pécrus.

Signé.

Bois : H. 0^m14 ; L. 0^m15.

46 — Le Puits à Chailly (23 juin 1870).

Signé à droite.

Bois : H. 0^m16 ; L. 0^m24.

47 — Le Moulin à Portrieux (18 juillet 1875).

Signé à droite.

Bois : H. 0^m16 ; L. 0^m23.

48 — Chapelle à Chailly (22 juin 1870).

> Signé à gauche.
>
> Bois : H. 0^m16; L. 0^m24.

49 — Saint-Ouen-la-Rivière.

> Signé à gauche.
>
> Bois : H. 0^m16; L. 0^m24.

50 — Pêcheuses à Portrieux (26 juillet 1875).

> Signé à droite.
>
> Bois : H. 0^m16; L. 0^m24.

51 — Fermière dans une cour.

> Signé à gauche.
>
> Bois : H. 0^m16; L. 0^m24.

52 — Jeune Femme en buste avec chapeau à plumes.

> Signé en haut.
>
> Toile : H. 0^m55; L. 0^m45.

53 — Portrait de Mlle Baugrand.

> Signé en haut et daté de 1879.
>
> Toile : H. 0^m61; L. 0^m50.

54 — Paysage de Saint-Cloud.

> Bois : H. 0^m16; L. 0^m24.

55 — Hameau du Bel-Air, à Saint-Cloud.

> Signé à gauche.
>
> Bois : H. 0^m16; L. 0^m24.

56 — Saint-Cloud (5 septembre 1873).

> Bois : H. 0^{m}16 ; L. 1^{m}24.

57 — Saint-Cloud (15 juin 1874).

> Bois : H. 0^{m}16 ; L. 0^{m}24.

58 — Portrieux (26 juillet 1875).

> Signé à gauche.
>
> Bois : H. 0^{m}16 ; L. 0^{m}24.

59 — Paysage boisé, à Portrieux (2 août 1875).

> Signé.
>
> Bois : H. 0^{m}16 ; L. 0^{m}24.

60 — Saint-Ouen (17 août 1870).

> Signé.
>
> Bois : H. 0^{m}16 ; L. 0^{m}24.

61 — Effet de neige.

> Signé à gauche.
>
> Toile : H. 0^{m}46 ; L. 0^{m}33.

62 — Etude de Paysage boisé.

> Bois : H. 0^{m}16 ; L. 0^{m}24.

63 — Forêt de Fontainebleau.

> Bois : H. 0^{m}29 ; L. 0^{m}22.

64 — Paysage de Saint-Ouen.

> Signé.
>
> Bois : H. 0^{m}16 ; L. 0^{m}24.

65 — Jardin à Saint-Cloud.

> Signé à gauche.
>
> Bois : H. 0^{m}16 ; L. 0^{m}24.

66 — Marine à Portrieux.

Signé à droite.

Bois : H. 0^{m}16 ; L. 0^{m}24.

67 — Arbre dans les roches : Fontainebleau.

Signé à gauche.

Toile : H. 0^{m}41 ; L. 0^{m}32.

68 — Paysage ; clair de Lune.

Signé à droite.

Toile : H. 0^{m}65 ; L. 0^{m}81.

69 — Vieille Porte d'un Monastère.

Toile : H. 0^{m}55 ; L. 0^{m}88.

70 — Les Lapins.

Toile : H. 0^{m}55 ; L. 0^{m}90.

71 — Allée de Parc.

Signé à droite.

Toile : H. 0^{m}43 ; L. 0^{m}36.

72 — Paysage : le haut de Saint-Cloud.

Signé à droite.

Toile : H. 0^{m}34 ; L. 0^{m}52.

73 — Petite Ferme.

Carton : H. 0^{m}32 ; L. 0^{m}51.

74 — La Chaumière.

Signé à gauche.

Toile : H. 0^{m}32 ; L. 0^{m}53.

75 — Entrée de Couvent.

Carton : H. 0^{m}34 ; L. 0^{m}44.

76 — Roches à Fontainebleau.

Signé à gauche.

Toile : H. 0^m32 ; L. 0^m40.

77 — Fontainebleau.

Carton : H. 0^m23 ; L. 0^m30.

78 — Chaumière près d'une route.

Bois : H. 0^m19 L. 0^m11.

79 — Paysage avec cours d'eau.

Toile : H. 0^m16 ; L. 0^m21.

80 — Le Mouchard.

Toile : H. 0^m54 ; L. 0^m25.

81 — Jeune Fille.

En buste.

Toile : H. 0^m55 ; L. 0^m46.

82 — La Sœur malade.

Ebauche.

Toile : H. 0^m81 ; L. 0^m65.

83 — Etude de Chats.

Signé.

Bois : H. 0^m18 ; L. 0^m21.

84 — Le Mouchard.

Signé.

Toile : H. 0^m40 ; L. 0^m21.

85 — Bois de Saint-Cucufa.

Signé.

Bois : H. 0^m24 ; L. 0^m16.

86 — Plantes.

> Signé.
>
> Bois : H. 0ᵐ16 ; L. 0ᵐ24.

87 — Les Œufs à-la coque.

> Signé en haut.
>
> Bois : H. 0ᵐ35 ; L. 0ᵐ27.

88 — Pot de Fleurs.

> Bois : H. 0ᵐ58 ; L. 0ᵐ47.

89 — Pot de Capucines.

> Toile : H. 1ᵐ40 ; L. 0ᵐ28.

90 — Etudes et Ebauches de figures.

91 — Etudes et Ebauches d'animaux.

92 — Etudes de Paysages.

93 — Etudes peintes sur papier.

PASTELS

94 — Ravaudeuse.

> Salon de 1893.
>
> Pastel.
>
> H. 0ᵐ46 ; L. 0ᵐ37.

95 — La Côte-de-Grâce, à Honfleur.

> Pastel.

96 — La Côte-de-Grâce, à Honfleur.

>Pastel.

97 — Porte d'une Maison de campagne.

>Pastel.

98 — Le vieux Vagabond.

>Esquisse au pastel du tableau acheté par la Ville de Paris.

99 — Enfant bacchant.

>Pastel ovale.

100 — Etude d'arbres.

>Pastel signé.

101 — Petite Fille assise au pied d'un arbre.

>Pastel signé à gauche.

102 — Etude de Vache.

>Pastel signé.

103 — Autre étude de Vache.

>Pastel signé.

104 — Allée sous bois.

>Pastel.

105 — Barque à marée basse.

>Pastel signé.

TABLEAUX PAR DIVERS ARTISTES

106 — **Boudin**. Marine. (Pastel.)

107 — **Defaux**. Les Falaises.

> Bois : H. 0ᵐ33 ; L. 0ᵐ52.

108 — **Feyen-Perrin**. Portrait en buste de Amand Gautier.

109 — **Lassalle** (Louis). Paysage.

> H. 0ᵐ24 ; L. 0ᵐ34.

110 — **Latouche**. Paysage.

111 — **Lépine**. Vue de Paris.

> Toile : H. 0ᵐ10 ; L. 0ᵐ18.

112 — **Pissaro**. Paysage d'hiver.

> Toile : H. 0ᵐ46 ; L. 0ᵐ55.

113 — **Quéry** (Armand). La Ferme.

> Bois : H. 0ᵐ27 ; L. 0ᵐ41.

114 — **Quéry** (Amand). Le Moulin d'Orainville-sur-Suippes (Champagne).

> Bois : H. 0ᵐ21 ; L. 0ᵐ32.

115 — **Rosalbin**. Moulins de Montmartre.

> Toile : H. 0ᵐ19 ; L. 0ᵐ24.

GRAVURES ET LITHOGRAPHIES

116 — La Promenade du Jeudi. Lithographie par Amand Gautier. (Exposition de Chicago.)

117 — Portrait de M. Delezenne. Lithographie par Amand Gautier. (Exposition de Chicago).

118 — Eaux-Fortes et Lithographies, par Amand Gautier.

119 — Planches gravées par Amand Gautier.

120 — Gravures et Eaux-Fortes, par divers.

121 — Divers ustensiles d'atelier.